POÉSIES HONGROISES

PAR

PAUL DURIVAGE
(HIADOR)

PREMIÈRE LIVRAISON
PRIX : 1 FR

PARIS
DE SOYE ET BOUCHET, IMPRIMEURS
PLACE DU PANTHÉON, 2
—
1856

POÉSIES
HONGROISES

POÉSIES

HONGROISES

PAR

PAUL DURIVAGE

(HIADOR)

PREMIÈRE LIVRAISON

PARIS

DE SOYE ET BOUCHET, IMPRIMEURS

PLACE DU PANTHÉON, 2

1856

Amour et liberté!
Voilà ce que j'aime;
Pour mon amour
Je sacrifie,
S'il faut, ma vie;
Pour la liberté
J'immole mon amour!

PETOFI.

SANS BRUIT

Accueillez-moi j'aime à chanter aussi.

BÉRANGER.

I

Sans bruit l'homme se meurt, et sans bruit l'homme naît,
Le ciel ne parle pas quand un rayon paraît!
Que chercher l'avant-poste, en face de l'arène?
Va sans choisir la route au gouffre qui t'entraîne,

II

Le tonnerre, il est vrai, s'annonce en murmurant,
De s'annoncer au monde il a droit, le tonnerre!
C'est le courroux de Dieu, l'écho du Tout-Puissant,
Qui fait trembler les cieux, de même que la terre !
Pauvre oiseau, sans abri, ni chanson, ni sourire ;
Sur un rameau courbé, je m'avance en tremblant,
Un peu plus qu'un oiseau... Les restes d'une lyre ;...
Je ne suis qu'un éclair qui s'annonce en mourant !
Un faible écho lointain des chants du crépuscule,
Un cri du pélerin rêvant à son retour ;
Un dernier cri d'espoir, un dernier cri d'amour,
La chute, au fond de nuit, d'une larme qui brûle !
Que ne suis-je, l'écho d'un hymne triomphal,
Qu'emporterait la brise à mon pays natal ?
J'ai vu briser mon cœur, ma patrie et ma lyre !
Hélas ! c'est un *exil* que pour eux je soupire !

III

Reptile impur et vil, lâche persécuteur,

Pour toi, Torquemada! quelle joyeuse fête !
Viens, l'homme est déchiré, déchire le poëte :
Je te livre à ronger... les restes de mon cœur !
Voilà plus de deux ans que ton fer me déchire
Et que chacun me fuit de même qu'un lépreux,
Tu montres le poignard, voyons tes traits hideux!
Je puis tuer, dis-tu... moi, je saurai sourire!

IV

Encensant le public, comme une jeune prude,
Je ne m'incline pas dans un humble prélude,
Le public verra bien s'il nous lit jusqu'au bout ;
Je sais peu me courber, restons tous deux debout !
Mais s'il en est un seul dont le luth s'humanise,
Et s'incline en rêvant devant notre devise,
S'il veut bien, un instant, s'arrêter devant nous,
Alors, sans hésiter, mettons-nous à genoux!

BÉRANGER

J'achèterais un jour de vos combats.

I

Tout au fond de mon cœur, comme un rayon du jour,
Vit toujours lumineux, ton regard plein d'amour,
Son soleil, vif et chaud, ressuscita mon âme,
Foyer désert, où couve encore un peu de flamme.

C'est toi qui m'as appris, par un matin si beau,
L'art secret de chanter, que t'enseigna Boileau ;
Pieux, je t'écoutais, en disciple idolâtre,
Ou plutôt je rêvais à ton front, à ton âtre.

Devant son auréole et ces mille rayons,
Où se mêlaient parfois quelques noirs tourbillons.
Que m'importait le maître et « *son art poétique?* »
Près de toi, j'éprouvais un souffle prophétique !

II

Oh ! je ne croyais pas qu'un jour, les mains tremblantes,
Modeste rejeton de l'arbre que tu plantes,
Que l'on a dépouillé, que nul n'a pu plier,
Je viendrais, sur ce front, déposer un laurier !
Reçois donc ce rameau de ma pauvre patrie !
Il est vert, jeune et bel, hélas ! elle est flétrie !
Peut-être à ton foyer, où couve l'avenir,
Fleurira-t-elle encor, comme *un beau souvenir !*
Pour moi, luth passager, chantant dans la tempête,
Si je tombe, c'est bien, montant vers l'idéal,
Laissez toujours des cieux retomber le poëte,
Si le sol, qui l'attend, est le pays natal !
Ce n'est point un vain nom que nous cherchons au loin,
Je veux, pour mes chansons, une autre récompense,
C'est de ton cœur, vieillard, que je réclame un coin,
S'il n'est pas tout entier retenu par la France !
Ecoutez donc ces chants ! écho sexagénaire,
Retentir par le monde où l'on a fait la guerre.

On parle bas, je crois, c'est pour te détrôner,
Mais si l'on suit tes pas... c'est pour te couronner!

LES ÉCLAIRS

(SUR UN TOMBEAU)

Avez-vous vu ces flammes
Qui traversent les airs?
Ce sont de jeunes âmes
Sous la forme d'éclairs.
C'est un penser qui tombe
Du front de l'Éternel:
Dieu, pensant à la tombe
Entr'ouvre alors le ciel!

LE CERCUEIL D'UN ENFANT

Je ne connais rien qui soit plus riant,
Qu'un petit cercueil de petit enfant,

Il semble toujours qu'enfant, ange, ou rose,
Sous le linceul blanc, sourit quelque chose.
Non ! pour la maison ce n'est point un deuil,
Ou bien, c'est léger comme son cercuei
A le voir passer, on dit c'est un ange,
Qui va s'envoler sans toucher la fange.
Près de ce berceau, parsemé de fleurs,
L'œil se mouille un peu, sans verser des pleurs,
Ou si l'œil pleurait, lui, le cœur rayonne,
Son corps est caché par une couronne !
Voyez son sommeil ! il rêve à coup sûr,
Il rêve à l'aurore, il rêve à l'azur.
Pendant son sommeil, faites sa toilette,
Le ciel a déjà préparé sa fête !
Donnez à ce front un dernier baiser ;
Avec l'auréole il va s'y poser,
Puis, petit enfant ! change de demeure ;
Chacun sourit, hélas !... Sa *mère pleure !*

A L'ENVOI D'UN BOUQUET

I

Accepte ce bouquet, il n'est pas si riant,
Que la bouche vermeille aux couleurs radieuses,
Composé, sur les champs, des pauvres fleurs rêveuses.
Il a l'air tout pensif... sous ton baiser d'enfant!

II

La rose vit un soir, le parfum des instants,
Ce qu'une larme coule et que le cœur soupire,
Mais sous ton beau regard, mais sur ton doux sourire,
Ils vivront tout un jour, ils vivront un printemps!

PREMIER AMOUR

Si j'étais opulent, autant qu'on ne l'est guère,
Femme! je t'offrirais, tout ce que j'ai sur terre,

Ce qui te fait rêver, dont ton âme à souri,
En payant tout prix double... afin d'être béni !
Oh! si j'étais puissant, autant qu'on ne l'est guère,
Je mettrais en ta main la grâce, le pardon;
Pour absoudre soudain tout crime téméraire,
Devant moi, l'on aurait qu'à prononcer ton nom !
Oh ! si j'étais heureux, autant qu'on ne l'est guère,
J'unirais à ton sort cruel mon sort prospère ,
Oui! si tu me disais : Ote-moi la douleur.
Je te l'ôte en disant : Contemplez mon bonheur !

LES BOHÊMES HONGROIS A PARIS (1)

Dis-moi, troupe ivre et folle, archets mélancoliques,
De quel charmant pays viennent vos airs magiques.

(1) Au théâtre des Variétés, 1852.

Dont le monde est jaloux ?
Est-ce de la Bohême où naît la mélodie ?
Ou bien du fond des bois pleins d'échos de Hongrie,
Dites, d'où venez-vous ?

Oui, vous êtes Hongrois, j'entends cette musique,
Toute musique est douce, et la vôtre héroïque
Faite pour les combats.
Hélas ! près du canon qui, triste, doit se taire,
Vous avez, radieux vainqueurs, joué naguère,
Artistes et soldats.

C'est à ses mâles sons que sans trêve, alarmée,
Courait à l'ennemi notre vaillante armée,
Qui bravait tout péril ;
Et musique et canon n'avaient voulu se taire,
La victoire étouffait seule vos cris de guerre,
En ce moment, l'exil.

Mais que venir ici, dans cette capitale,
Où l'archet d'un maëstro paraît par intervalle,

Et charme encore les cœurs ?
Avez-vous réuni tous ces sons de mystère,
Qu'oublia, par hasard, Paganini sur terre,
Et qui serait vainqueur ?

C'est Athènes, c'est Rome, ou plutôt c'est Lutèce,
Moitié ville romaine, et l'autre moitié Grèce,
De l'art c'est le berceau !
Dans son urne, le grand compte toujours un vote
Superflu, le petit y doit tomber sans faute,
Paris, temple ou tombeau.

Remuez donc la ville où vit la renommée,
Où dans plus d'un cerveau couve une grande idée,
Digne d'un créateur.
Dieu pour le violon qu'il fait vibrer lui-même,
N'avait exprès créé que les doigts du Bohême,
Qui savent tout par cœur.

Quels airs impétueux et puis quelle mollesse !

Sur nos cœurs endormis vous répandez l'ivresse,
Douce sœur du repos.
Dans la salle étonnée un beau soleil flamboie
On rit de son malheur, et l'on pleure de joie,
Vous avez de l'écho.

Quand, soudain, votre archet demeure sans parole,
A quoi médites-tu, troupe joyeuse et folle?
Au pays cher et doux ? —
Jouez ! en nous plongeant en douce rêverie,
Nous allons oublier que l'on est sans patrie.
O..... restez parmi nous ?

A UN ARTISTE

Qu'as-tu donc, mon ami, d'où vient cette tempête ?
Sont-ce de grands pensers qui te courbent la tête?
Ou peut-être un poignard t'a-t-il frappé le cœur ?
J'enviais, avant peu, ton immense bonheur...

Tu gardes le silence, un amour incompris,
Amour ardent et vrai que l'on n'ose comprendre·
Je sais, c'est un abîme où je plongeais jadis,
Oui, c'est le même feu dont je porte la cendre.

Allons ! lève ce front que courbe la souffrance ,
L'artiste doit sourire à toute chose immense.
Avec d'éternels feux brûlons pour l'Eternel.
Va ! pour toi tout est haut, — tout , excepté le ciel.

AUPRÈS D'UNE MALADE

Tu souffres n'est-ce pas?
On le voit à tes larmes.
En cachant le trépas,
Tu fais voir plus de charmes.

Voulant me rassurer,
Ton œil d'amour flamboie ,

Ton cœur se sent briser.
Tu veux feindre la joie !

Je n'ignore pas, va !
Ta grave maladie,
Ah ! je tremble déjà
Dès longtemps pour ta vie.

Quand la mort de son jour
Illumine tes charmes,
Je crois en ton amour,
Et tu crois en mes larmes !

Ton rêve te dénonce,
Ou tu dis : je me meurs !
J'espère ta réponse :
Me répondent mes pleurs.

Laisse couler mes pleurs !
Mais, désespoir extrême;
Ne me dis pas : Je meurs :
Lorsque je dis : Je t'aime !

BRUTUS

Adieu, ma belle Rome ! adieu, ta sainte image,
Je partage tes pleurs, non pas ton esclavage,
Adieu, je m'en vais en exil.
Tu restes sans alarme, et moi je pars sans crainte
Tes dieux sont aussi sourds que le peuple à ma plainte,
Adieu peuple lâche et servil !

Dis, sombre, Capitole où se levait l'aurore,
As-tu dans ton enceinte un cœur romain encore,
Un cœur pour venger ton affront ?
César n'existe plus, dans mes bras il expire,
Lorsqu'un tyran succombe, il en renaît un pire,
Romain ! courbe sous lui ton front.

Oui, courbe-le bien bas, il est couvert de honte.
Pourquoi sacrifier ton encens qui remonte ?
Torrent rapide, redescends :

Nous avons autrefois suivi la même route,
Rome, je suis ton fils, mais Brutus te redoute.
Mère esclave n'a point d'enfants.

Reste en tes fers honteux, ô race abâtardie,
Subjugueant l'univers. — Dans mon âme hardie,
Il me faut un sol sans remparts;
Je n'ai d'autres regrets que ceux que l'amour donne,
Le tyran, on l'immole; au bourreau l'on pardonne,
Rome! tu vas crouler... je pars.

LA MONTAGNE ET LE CYPRÈS

O montagnes superbes!
J'aime vos sommets,
O tombeaux! dans les herbes
J'aime vos cyprès.

Le sommet a sans cesse
Front dans l'ouragan,

Le cyprès ne se baïsse
  Devant nul autan.

C'est toujours sur la cîme
  Que l'aurore luit,
Le cyprès sur l'abîme
  Est signal de nuit.

Aux sommets on aspire
  Au cieux purs, si près.
Dites ce qu'on désire
  Seul... sous le cyprès ?...

LE BARDE

Lorsque brûlant d'espoir, d'un pas accéléré,
Se présente au public un poëte inspiré,
Tu sondes sur le champ sa taille haute ou blême ;
Que sonder le poëte : il se trahit lui-même.

Sur son front rayonnant, ou plus souvent voilé,
Où, brillant tout penser semble laisser de trace,
Reflétant presque autant de crainte que d'audace,
Se découvre soudain son destin étoilé.

Je tremble encor, dit-il ; plus courageux demain,
Je vais dire au sommet : prends-moi sur ton épaule,
A l'espace fuyant, retire-moi ta main ;
Barde muet, demain nous aurons la parole.

Vers lui, tout son pays se sent comme attiré.
Son esprit a passé dans les mains de la foule,
Qui sonde autant ses pas que la terre qu'il foule,
D'où pur, doit rejaillir l'éclat du feu sacré.

On le juge à l'avance... Oh ! ne jugez de suite,
La barque auprès des bords, inquiète, s'agite ;
La branche, après l'oiseau, ne cesse de trembler.
Bientôt la barque glisse et l'oiseau de voler.

DOM BLAGINSZK

BALLADE

Connaissez-vous le héros et poëte
Que tout Paris fête aujourd'hui ?
Jamais absent, où l'art donne une fête ;
Sot comme tout, plus bas!... c'est lui !

Vaillant guerrier protégé par les dames,
Vous vous trompez, c'est par la cour ;
Double héros, malgré mille réclames,
Il se bat bien... dit Pompadour.

Son nom est grand ! Dom Blaginszky, je gage,
Cela ne dit pas ruban, or,
Qu'il grandirait ! s'il avait du courage.
Bah ! il peut en avoir encor.

Vaillant guerrier, etc.

Devant ce Samson, couvert de prestiges,
Trompettez ! sonnez sans façon !

Espagne et Hollande ont vu ses prodiges,
Vainqueur, il mouillait le gazon !

Vaillant guerrier, etc.

Sa famille est honnête, sa famille,
Sa Grâce... n'est pas assassin.
Horreur ! il sait caresser mère et fille,
Tantôt fils et tantôt cousin.

Vaillant guerrier, etc.

Dans ses deux procès, constante ressource,
Il craint moins l'Etat que l'époux ;
L'un pourrait bien lui coûter la bourse,
L'autre ne coûte... que le cou.

Vaillant guerrier, etc.

Qui lui rendra l'Espagne et son carnage
Où, d'un sommet, il vit le feu ?
Maudit procès ! Dom Plaginszky, je gage,
Tu tires... le gibet au jeu.

Mais, juste ciel! où sont ces belles dames,
Ses protectrices et la cour?
A ses genoux, oh! revenez, mesdames,
Demander *grâce* au troubadour.

Un blanc mouchoir aux armes de Paillasse
Vint serrer son cou raccourci?
Est-il mort! non! Sa fée obtint sa grâce,
Il obtint plus, Dom Blaginszky,

Maintenant Sa Grâce oracle des bêtes,
Fuyant les combats, sert l'amour,
Et, par ses rubans rehaussant les fêtes,
Il blague, dit-on, à la cour.

RÊVE

Je rêvais *Océan*, je bercais l'univers,
Pendant que dans mes bras ont sommeillé les mers,
Sur mes bords enchantés, où s'en allait l'orage,
Par le couchant doré, riait ton beau visage.

Tu marchais à pas lents, comme marche un rêveur,
Qui glisse sur les bords, sans vestige ni peur,
Mes mille flots ardents se taisaient en leur couche,
Jaloux, je leur ai mis les deux mains sur la bouche.

Moi, tremblant, altéré, je murmurais tout bas :
« O fille de l'Aurore, arrive dans mes bras ! »
Je brûle pour toi seule, avec toutes mes ondes,
Si hautes aujourd'hui, demain, ah ! si profondes !

Puis, pour te prouver mieux mes ardents sentiments,
Peureux, je te jetais perles de temps en temps,
Et, d'une douce main déliant ta nacelle,
De tes rêves heureux mon doux flot s'est fait l'aile.

En te voyant ainsi jetée à mes ardeurs,
Mes perles, je croyais, allaient changer en pleurs ;
Sur mon sein transparent, où ton œil pouvait lire,
Du bonheur, tous mes flots me paraissaient sourire.

O descendons, disais-je, à mon foyer profond,
Où l'amour est plus sûr, et la mer est sans fond ;

Ce n'est pas un abîme où l'amour te convie,
C'est un tout chaste lit où l'on se réfugie.

Languissante, éperdue, et les yeux demi-clos,
Tu descendais alors, de même que mes flots,
O perle de mon lit ! plus bas, plus bas, sans crainte.
Tu peux rouvrir les yeux, toute étoile est éteinte !

Mes flots, qui sont mes bras, pour qui tout est léger,
Riants t'avaient couchée, auprès de mon foyer.
Tu voyais l'infini, l'infini... ma tendresse.
Une goutte d'amour fit toute mon ivresse.

RACHEL

A LA REPRÉSENTATION DE PHÈDRE, LE 6 JUILLET 1855

Paris, où ta grandeur se croyait abritée,
L'a dû voir un jour (un seul jour) humiliée.
Quand n'a-t-on pas tenté de fouler le puissant?
Ce n'est point trembler que de trembler un instant !

Ainsi qu'une joûte (et non pas comme vengeance),
On attendait ce soir, triomphe et récompense.
On t'aime à rencontrer le front tout radieux.
Mais pour venger ton nom, il est trop glorieux !

Levez sans peur la toile où sa couronne brille.
Va ! nous connaissons bien, artiste ! ta famille;
As-tu vu Tullius se rendant au sénat,
Disant à son rival : « Frappe après le combat ! »

Apparue (entre tous, on reconnaît le cèdre),
Dans mon cœur enchanté disais-je : Voilà Phèdre !
Oui ! c'est là sa figure au regard solennel,
Alors elle était Phèdre, aujourd'hui c'est Rachel !

Quel pas harmonieux ! quelle pose plastique !
Avez-vous jamais vu Phèdre plus identique?
Dans ses yeux que d'amour! voyant son bien-aimé :
Racine l'a senti, c'est toi qui l'a nommé.

O maîtres ! savez vous que cet immense empire,
Que créait un regard, s'est peuplé d'un sourire?

Phèdre nous rend l'*amour*, Polyeucte la *foi*.
L'*un* et l'*autre* est vivant interprété par toi

Jamais Phèdre n'était mieux sentie ou comprise,
Il ne faut pas poignard... le cœur aime et se brise.
Jamais je ne t'ai vue en la scène d'amour,
Si bien sonder le ciel et l'enfer tour à tour.

Que de soins a coûté cette tête charmante!
L'amour, pour s'exprimer, prit ta lèvre éloquente;
De ton front, n'est-ce pas le plus beau diamant?
Adrienne, dit-on, est encore plus brillant.

Pour finir le combat, il suffit d'un tonnerre,
Sous des fleurs ébranlant la maison de Molière.
Par des bouquets veut-on te barrer le chemin?
En Amérique... oh reste avec ton souverain!

Reste encore entre nous, douce ombre d'Hermione!
Est-ce qu'on quitte ainsi son sceptre et sa couronne?
Grâce à toi, par moments aux beaux temps nous rêvons :
Si l'œil n'a plus de pleurs... il est plein de rayons!

Impuissants de créer, tout en foulant la cendre,
Le grand passé, du moins, nous le savons comprendre !
Parle de nos aïeux... nous foulons leur tombeau ;
Il semble qu'en ta main ils ont mis le flambeau !

Rentrant dans la coulisse, où t'attend ta famille,
L'un dit : Viens, ma sœur ! l'autre : Embrasse-moi, ma fille !
Nous, en quittant la scène où ton nom retentit,
Etonnés, nous trouvons que Racine *grandit* !

LES HÉRACLITES

I.

Contemple-nous, aïeul ! restes de ta famille,
Nous avons, sans pleurer, les yeux sur ton tombeau ;
Ces vieux lauriers épars encor sont ceux d'Achille,
Ces grosses foudres-là celles de ton berceau.

Héraclides de nom, nous n'avons rien d'Hercule.
Aux combats que ta main menait sans se ganter,

Il faut un peuple entier pour te représenter;
De ton regard de dieu, — ton descendant recule!

Du céleste sentier perdant bientôt la trace,
Je défends, le plus faible, à coup sûr, votre race;
Au milieu des vivants aussi faibles que moi;
Grand aïeul, permets donc de m'appuyer sur toi.

II.

Mes frères, dieux déchus, dont je porte le deuil,
Avaient placé la foudre en mon bras trop débile,
Pitoyable dieu, je rouvrais leur cercueil,
Dans mon aveuglement foudroyant ma famille.

Parent de Jupiter je pleure mes aïeux,
Disputant aux humains mon divin héritage,
Je voyais, dans mes bras, mourir les derniers dieux,
Et renaître Vénus au sein de l'esclavage.

Pour garder ta statue, encor je suis debout;
Un monument vivant de mes peines, moi-même,

Lorsque vous êtes marbre, alors notre sang bout;
Te réveilleras-tu? c'est mon heure suprême!

Près de ton monument dont l'aspect me rassure,
(Sa taille dans mille ans confondra les humains);
Je sonde ton sommeil, ô géant sans mesure!
Et remets de nouveau la foudre dans tes mains.

Paris. — DE SOYE et BOUCHET, imprimeurs, place du Panthéon, 2.

www.ingramcontent.com/pod-product-compliance
Ingram Content Group UK Ltd.
Pitfield, Milton Keynes, MK11 3LW, UK
UKHW020427220726
13923UKWH00005B/2138